AF603735

Mis semillas de bambú

Noa Issa

MIS SEMILLAS DE BAMBÚ

Editado por: Corporación Ígneo, S.A.C.
para su sello editorial Ediquid
Av. Arequipa 185 1380, Urb. Santa Beatriz. Lima, Perú
Primera edición, octubre, 2022

ISBN: 978-612-5078-42-1
Tiraje: 50 ejemplares

Hecho el Depósito Legal en la Biblioteca Nacional del Perú N° 2022-09983
Se terminó de imprimir en octubre de 2022 en:
ALEPH IMPRESIONES SRL
Jr. Risso Nro. 580 Lince, Lima

www.grupoigneo.com
Correo electrónico: contacto@grupoigneo.com
Facebook: Grupo Ígneo | Twitter: @editorialigneo | Instagram: @grupoigneo

Arte de portada: Guillermo Vuljevas
Adaptación de portada: Susana Santos
Corrección: Dayana Villa
Diagramación: Gerardo Hernández B.

Colección: Nuevas Voces

Contenido

Prefacio 7
Soy 8
Mi infancia 12
Hermanos de sangre 14
Mis amigas 16
Isis 17
Amalia 18
La pequeña y gran Sofía 20
Cuatro décadas 24
Tener todo 25
Sin sospechas 35
Tratando 41
Sofía 51
Redimirse 55
El amuleto 57
Como el águila 62
Agustín 64
Y yo 67
Epílogo 69

Agradezco al Universo por conspirar para que mi vida esté rodeada de mujeres tan maravillosas. Mujeres que formaron, forman y formarán parte de mi ser. Gracias a todas ellas por ser parte de mi historia: estoy segura de que se encontrarán en algún rincón de este libro.

Quiero agradecer a Paula Andrade y Micaela Giro por su infinita paciencia.

Expreso mi gratitud a una persona a la que conocí por su arte, su gran talento, inteligencia y creatividad. Más tarde, descubrí que ese ser tan talentoso era muy generoso, sencillo, honesto y un gran amigo. Guille, mil gracias por tantas charlas, por compartir conmigo tus experiencias y anécdotas compartidas, por apoyarme desde el día cero. Gracias por alentarme y motivarme cuando lo necesité. Estoy muy feliz de que tu arte esté plasmado en la portada de este libro, es un honor para mí.

Prefacio

Alguien, alguna vez, dijo: «Algunos nacen con estrellas y otros estrellados». Yo me identifico con el segundo grupo.

Todos dicen que tengo muchas virtudes. Yo, a veces, hasta lo creo pero luego pienso: ¿para qué me sirven?, si conseguir o emprender cada cosa siempre me ha costado tanto esfuerzo, tanto agotamiento. Por ello dejé con resignación tantas cosas que me gustan hacer, cosas que me llenaban el alma; las dejé por no tener tiempo, dominada por las obligaciones. Creo que a eso se le llama adultez...

De todas formas, no sé a qué o a quién necesite demostrar lo eficiente o capaz que puedo o no ser, tal vez solo me quería demostrar a mí misma que yo puedo, o buscar la aceptación de los demás, quizás sean las dos cosas.

Siempre traté de satisfacer a los otros, haciéndolo, sí, pero cansada por el esfuerzo que implica tratar de tener a todo el mundo conforme y quedando mis necesidades con suerte y viento a favor; para lo último, a veces, ni siquiera eso. Hoy creo que todo fue innecesario.

Llegar a esta edad me hizo reflexionar sobre lo que he vivido.

Soy

Soy artista plástica desde hace más de veintitrés años, pero cuando sucede que mi supuesta habilidad y talento no son remunerados o valorados, me gana la frustración. No puedo esperar a que ciertas personas valoren el arte cuando en vez de llevar a casa una obra original, pagando lo que implica la obra en sí por su contenido y siendo, además, la obra el hijo preciado del artista, la gente prefiere una copia barata de una obra ploteada de las exhibidas en el Louvre, esas que no pueden ni siquiera soñar tener, solo por el hecho de que es famosa; eso parece justificarlo.

Conozco a mucha gente con demasiado talento que no ha tenido ni siquiera la suerte de exhibir su arte en un lugar que lo amerite.

Estamos sumergidos en esta realidad adquirida que es nuestro entorno, uno donde es más importante el **yo** que mostramos en redes que el **yo** que siente y necesita.

Nos esforzamos de forma incansable por vernos bien para los demás y ser aceptados en esta sociedad cada vez más fría, distante y competitiva.

En este contexto, las relaciones familiares son cada vez más compactas, los lazos de sangre ya no parecen ser importantes. Los amigos genuinos escasean y, lo que es peor, se sustituyeron por otra forma de amistad: solo con aceptar una solicitud, a un clic de distancia.

Como vivir del arte en este país no es tan simple, diría que casi imposible, salvo alguna excepción o que algún artista venga de una familia de abolengo, a mí me tocó la docencia para subsistir. En cuanto a los artistas con familias «reales», la mayoría de las veces lo que hacen es una bosta. Sin embargo, como son fulanos de tal, los aplauden como focas y cotizan en millones.

Yo, por mi lado, doy clases particulares de artes plásticas a niños, jóvenes y adultos. Algunas veces he vendido alguno que otro cuadro, con dolor, porque me cuesta mucho desprenderme de ellos. Creo que la mayoría de las veces, aunque el dinero que me den por ellos sea muchísimo o poco, jamás paga lo que significan para mí. No me sobra el dinero, más bien vivo bastante justa, entonces cierro los ojos y los vendo.

Tomo muchas horas de clases en varias instituciones, por lo que recorro el departamento de punta a punta, corriendo para llegar a tiempo a cada clase.

«Si Dios no te da plata, te da mañas», así fue cómo desarrollé mi potencial: soy puras mañas. Estoy lejos de ser perfecta, tengo mis grandes fallas y mis debilidades.

Analizo todo demasiado, no voy a donde va la manada, me atrevo a cuestionarlo todo: las situaciones, la política, la COVID-19 con todas sus facetas y extensiones, las vacunas, la religión, los sistemas.

Con respecto a estos últimos, considero que muchos serían perfectos si el ser humano no fuera humano y, como tal, no fallara. Cuestiono la información que nos llega y la desinformación, también lo que se nos oculta.

Por otro lado, me niego a la idea de la institución del matrimonio.

No me presto para el romance donde uno siempre ama y el otro padece; uno ama de manera desmesurada y el otro se siente cómodo con el amor que recibe y se deja amar. La estupidez de la media naranja no va conmigo. Yo soy mi naranja completa, aunque esto no fue siempre así.

Lo sé porque también amé sin medidas y padecí de la misma manera, tuve varios intentos fallidos hasta que descubrí que el **amor** es solo una ilusión que nos creamos idealizando al otro, olvidándonos que es un ser humano con virtudes, seguro, pero también con defectos, los cuales no vemos ni sentimos por estar ocupados y atontados por el revolotear de las mariposas en la panza. También descubrí que los sentimientos cambian, al igual que las necesidades.

El amor nos enceguece, nos desconcentra, nos eleva más y más hasta no poder con el exceso de felicidad. El corazón parece que podría explotar cuando empieza a galopar como tropa de caballos desbocados avanzando hacia la cima, persiguiendo el éxtasis de la felicidad absoluta, esquivando rocas, raíces, arbustos... El amor te hace sentir victorioso por vencer tantas dificultades y obstáculos. Pero cuando estás llegando a esa plenitud anhelada, logrando divisar la meta, viéndola tan eminente y cercana, justo ahí, en ese momento, entre galope y aleteo de mariposas, te das cuenta de que llegaste a la cornisa en la que, persiguiendo al señor Amor, dejaste de apoyar los pies en el piso. Las patas del desbocado caballo están ya en el aire porque pasaste la punta de la pendiente, ya no da pie, la caída en picada es inevitable y la altura a la que te elevó ese amor es proporcional a las lágrimas que te hará derramar.

Nadie muere de desamor, te desbasta, te golpea, te machuca el alma, pero difícilmente te mata. Claro, sí te deja cicatrices que con el tiempo se endurecen y hacen que formes una coraza que cada vez es más difícil de atravesar.

Tenemos la manía de aferrarnos a otros cuando la mayoría de las veces no podemos aferrarnos ni a nosotros mismos.

Ser fiel a mí misma también me ha costado caro.

El afán o la necesidad que tengo de decir las cosas que pienso o creo no siempre cae bien a las personas.

A veces creía que iba a morir muy vieja y sola, y que mi cadáver nauseabundo lo encontrarían rodeado de gatos, luego de muchos días, sin que nadie se dignase a notar mi ausencia antes.

Soy hija, hermana, tía y amiga y, créanme, con eso he tenido suficiente.

Soy la tercera hija de unos padres amorosos pero muy chapados a la antigua, de la época donde el padre llevaba el pan a la casa y la madre se encargaba de los quehaceres domésticos y de la crianza de los hijos.

Mi padre, creo que aún hoy, no sabe buscarse la ropa para ir a bañarse. Mi madre, todos los días, religiosamente, al menos desde que tengo uso de razón, le prepara la ropa, le almidona la camisa, le marca la raya de los pantalones, también el pañuelo e incluso el calzoncillo; le deja las ropas sobre la cama, todo planchado, listo para vestirse luego de su ducha.

El aroma del vapor de la plancha con el olor a suavizante de lavanda de la ropa son recuerdos de mi niñez, junto a la colonia que mi padre utiliza después de afeitarse. Son esos aromas tan especiales los que me transportan a una infancia cálida y apacible.

Mi infancia

Fue inevitable sufrir de acoso en la escuela por ser rellenita y usar lentes. Los niños suelen ser crueles, sin notarlo, a edades tempranas; no parecen percibir el daño que pueden hacer en la autoestima de otro niño.

En los recreos llegaba siempre de último en las carreras, para la atrapada siempre era un blanco fácil. Fui la típica niña que no elegían para el equipo luego de la pisadita, siempre era la última opción. Así que desistí y odié, desde muy chica, cualquier deporte en equipo.

Creo que, sin excepción, todo va formando nuestra cosmovisión del mundo y desarrolla nuestra personalidad.

Pese a todo eso, tuve una infancia normal y mi refugio eran los lápices de colores, los marcadores y las crayolas. Me creaba un mundo imaginario y alguna que otra vez dibujé a otros, ridiculizando a los que me molestaban y me reía mucho resaltando en esos bocetos sus rasgos más notorios, dibujando a esos fulanos que pretendían ser perfectos. Aún hoy me cruzo en la calle a algunos de ellos, recuerdo mis dibujos y todavía me rio. Era mi forma de vengar mi enojo. Ese bloc de hojas viajante iba a donde yo fuera: pasó a ser una parte de mí, mi compañía y mi confidente. Todo lo expresaba dibujando: felicidad, tristeza, ira, miedo.

Desarrollé sin querer otra forma de comunicarme a través de dibujos y pinturas y, más tarde, fui agregándole técnica a lo que hacía.

De joven e independiente disfruté de la buena comida, andar descalza y desnuda por la casa; los viajes, las novelas románticas que suplieron mis carencias amorosas y alimentaron (alimentan) esa parte de mí que yo me negué a llenar. El príncipe perfecto, la economía solucionada, un final con el estereotipo ideal para la sociedad, ese «vivieron felices para siempre».

Hermanos de sangre

Mi hermana Clara es la mayor, me lleva diez años. Es la hija preferida entre nosotras. Cuando niña fue buena estudiante, abanderada del pabellón patrio, medallista en gimnasia artística, popular en la escuela y adorada por todos.

El que sigue es Pedro, que nació siete años más tarde. Es amable y alegre, pero vive en su mundo, parece que nada le afectara. Últimamente viaja mucho por trabajo y solo lo veo en ocasiones especiales.

Siempre he sentido que él es el preferido de mi madre y creo que mi vieja ya ni siquiera lo disimula.

En una conversación promedio con ella me parece que, en dos horas, lo nombra cuatro o cinco veces de forma innecesaria. Tal vez sea porque lo extraña ahora, pero siempre fue así.

Yo fui la bendición que vino de sorpresa: cuando ya creían haber cerrado la fábrica, ¡plum!, aparecí. Y bueno, dijera el Canario Luna: «¡Te meten en la cancha sin preguntarte si quieres entrar!». Yo no pude evitarlo.

Toda mi niñez usé ropa y juguetes heredados. Claro que no hubiera sido problema si la herencia de ropa y juguetes viniesen de mi hermana, pero con tanta diferencia de edad eso fue imposible, heredé todo lo de mi hermano.

Llevé mochila con forma de autito a la escuela y *championes* de las Tortugas Ninja o mocasines marrones. Más de una vez miré de reojo las mochilas de princesas y las sandalias blancas de mis compañeras. Incluso, llegué a pretender que no me gustaban ese tipo de cosas tan femeninas y delicadas para no sentirme avergonzada frente a ellas.

Así fui creciendo a los tumbos, escuchando que debía ser como mi hermana, lo maravilloso que fue criarla, lo buena que era para esto o aquello. Escuchar los cuentos de lo perfecta que era en diferentes actividades incluso ahora me hace ruido, como un chillido en los oídos.

También me cansé de escuchar que tenía que hacer todo por mi hermano: tender la cama, ordenar el cuarto, juntar los juguetes, hacer los mandados porque, pobrecito, él es varón y tiene que ir a jugar a la pelota.

Mis amigas

Mis amigas del alma son Isis, Amalia y Sofía.

Isis

Hace veinte años que está casada con Rodrigo, pero llevan algunos años más juntos. Eran novios desde primer año de ciclo básico. Es el primer y último novio que tuvo.

Siempre fue un hombre lindo, incluso ahora que ya peina algunas canas hacia los lados y ya se le han volado algunas chapas que intenta disimular, de forma desesperada, con el peinado. Es un padre divino con sus hijos.

Aunque pasaron los años todavía creo que ella adora a ese hombre o, al menos, la imagen que se formó de él. Él es todo lo que conoce, para bien o para mal.

Isis es madre de dos hijos hermosos, ya casi adolescentes, a los cuales cada día que pasa los ve más parecidos a su padre y teme que se pueda borrar del ADN de los chicos algún rastro que aún les pueda quedar de ella.

Ella es dulce y apasionada en todo lo que hace. Es serena, paciente y tiene gusto para vestirse bien sin gastar demasiado, incluso a veces sin gastar nada. Es una mujer práctica y detallista.

Nos conocimos cuando estábamos en bachillerato y nunca más no separamos.

Amalia

Amalia es más como una hermana del corazón, esa hermana que te da la vida. Pasamos la pubertad juntas y los problemas existenciales de esa edad. Éramos fans de la misma banda de música, compartimos las etapas de los noviazgos, la falta temprana de sus padres por un desafortunado accidente, el nacimiento de sus hijos, las fiestas y alguno que otro episodio angustioso, bien sea de una o de la otra.

Ella es cálida y atenta. Desde la muerte de sus padres y tras sufrir una larga depresión, se entregó a la religión. Eso pareció ayudarla a superar, o más bien a aceptar, la voluntad de Dios.

Yo, de verdad, no creo que esté del todo curada, pero día a día se refugia en Dios para así creerlo.

La religión la ha vuelto más apagada y yo la noto más introvertida. De igual manera, así esté toda rota por dentro siempre, pero siempre, tiene la palabra justa para animar a quien lo necesita.

Es muy sabia y escucharla te llena el alma con abundante amor. Ella se pone del lado de los otros y los consuela con palabras justas para ayudar a aliviar su carga. Está demás decir que es muy servicial: da más de lo que tiene y yo a veces la reto por eso.

Siempre luce su cara lavada, tiene ojos azules brillantes, nariz afilada, apenas respingada en la punta, y usa el pelo recogido con una colita.

Es inmaculadamente prolija, su modo de vestir es muy sencillo, pero jamás luciría desaliñada.

Amalia está obsesionada con la limpieza en exceso, siento admiración por su pulcritud. Yo, ni volviendo a nacer dos veces, podría lograr que mi ropero o los trastes del aparador de la cocina luzcan ordenados de la manera en la que ella lo hace.

Tiene varios trabajos, pero siempre se hace un rato para sus amigas. Es madre de dos niños: uno adolescente y otro que apenas pasa el año.

Su esposo, Pablo, que también es devoto de Dios y de ella, la contempla cuando habla y yo siempre observo eso. Creo que siente una profunda admiración por la entereza de esa mujer.

Trabajan los dos a la par, hasta altas horas de la noche, para lograr terminar su casita y que no les falte nada a sus benjamines.

Amalia lleva una vida que se ha vuelto cada vez más estructurada y ya no la siento reír tan a menudo. Tal vez sea por el agotamiento de la cotidianidad. Así y todo seguimos unidas, como toda la vida.

La pequeña y gran Sofía

Por otra parte, mi bella Sofía tiene un poco más de la mitad de mi edad. La conocí cuando era muy chica, vivía pegada a mi casa, en la de al lado. Hoy ya es toda una mujer, pero en vez de nosotras protegerla a ella por ser más chica, ella nos protege a nosotras con su carácter y buen criterio.

Es soltera y ya casi se recibe de médico. Es fuerte, muy fuerte, o al menos parece serlo. No es fácil conmoverla.

Sofía es apasionada con sus ideales, tenaz para los estudios y tiene un humor muy ocurrente y perspicaz. Utiliza a menudo la ironía y eso no le agrada a todo el mundo.

Alta, bien proporcionada, castaña y de ojos almendrados centelleantes. Tiene tez blanca, tal cual porcelana. Es en apariencia fría, calculadora y sagitariana.

Tiene una personalidad que acapara la atención de quienes la rodean. Impone sus ideas sin importar si tiene delante al papa Francisco o al presidente de la república: si ella cree estar en lo cierto, va hasta las últimas consecuencias sin temor a nada.

Si la lastiman, clava el puñal en el medio del corazón y revuelve dentro con este, hasta dejar clara su postura y vengar su malestar. Es, claramente, ingobernable, independiente, astuta para responder y orgullosa.

Al principio, con gente desconocida, le cuesta mostrarse tal cual es; pero luego de superar esa barrera, es muy divertida.

Quienes no la conocen dirían que nunca lloró, pero no es así. Podría jurar que la vi llorar para adentro.

Recuerdo ese día. Habíamos quedado en juntarnos en la esquina de la facultad donde Sofía estudiaba. Allí había una cafetería. Cuando llegué, estaba sentada junto a la ventana, inmóvil, colorada, con el rostro desencajado. Me acerqué despacio, pero no me atreví a interrumpirla. Creo que notó que me senté frente a ella pero no gesticuló, siguió como estaba cual estatua. Tenía los ojos fijos a la vereda de enfrente y vi cómo le brotaban las lágrimas a borbotones dentro de sus ojos. Estas aumentaban su caudal, inundando completamente su visión, pero ella no pestañeó, no dejó caer ni una sola lágrima, no se permitió perder el control porque, una vez que pestañara, las lágrimas caerían una tras otras sin pedirle permiso.

Cuando al fin hizo un movimiento, fue para tragar saliva que de seguro se juntó con las lágrimas saladas. Luego de unos minutos, que me parecieron eternos, como si se hubiera detenido el tiempo, volvió a tragar lágrimas.

Sofía tomó una servilleta de papel, la dobló en varias partes y con el dedo índice la acercó a su lagrimal para que absorbiera cualquier rastro de lágrimas que pudieran quedar en su ojo izquierdo, repitió el proceso con el derecho. Luego me miró y por fin habló con un tono quebradizo que intentó disimular en vano.

—¿Viste lo mismo que yo? —me preguntó.

Yo asentí con la cabeza pero no me salió ni una palabra.

—En fin, ya fue.

Lo dijo tratando de convencerse de que lo que vio no le afectó demasiado.

Sofía es una fiel amiga, incondicional, honesta y su talón de Aquiles son los niños, en especial los desamparados o los que carecen de afecto. Ella ayuda en obras sociales y toda esa coraza fría y dura se desmorona cuando tiene a uno de estos niños en frente.

Los niños la adoran y ella a ellos. Es madrina de varios pequeños que cada semana esperan con ansías su llegada para jugar. Siempre está atenta a las necesidades de esos chicos y les dedica la totalidad de su tiempo libre.

Cuando estamos las cuatro juntas, hablamos de la vida e intentamos proyectar el futuro, Sofía siempre dice que ella no va a tener hijos. Que no ve la lógica de traer más niños al mundo cuando hay más de 300 millones de niños que están por debajo de la línea de la pobreza y mueren de hambre 18 000 por día, en edades de 1 a 4 años. Ella sí adoptaría a varios si consiguiese estabilidad económica. Siempre nos deja sin saber qué responderle.

Si me preguntaran si alguna vez se enamoró, yo les diría que sí, hace varios años, pero muy pocas veces lo ha reconocido y todavía hoy evade el tema.

Se enamoró sin darse cuenta de su mejor amigo de la infancia. Él tiene dos años más que ella y ya se recibió de médico. Cuando los dos se dieron cuenta de lo que sentían el uno por el otro, él ya esperaba un hijo y planeaba casarse con su compañera de estudios: una hija de un médico reconocido, ni más ni menos que del director de un centro hospitalario.

Cuando estaba en la cafetería junto a la ventana, lo vio en la vereda con su hijo en brazos y su flamante esposa, sonriendo, en apariencia muy feliz.

Cuando Sofía se dio cuenta de lo que le pasaba con Agustín solo se abrió, no se atrevió a interponerse. Aunque él, a una semana de casarse, en medio de una borrachera y despidiendo el año, le confesó que siempre estuvo enamorado de ella. Todos estos años Sofía soportó, callada, confesiones de los dos y disimuló sus sentimientos hasta no poder más.

Las cosas que sucedieron formaron esa personalidad dura.

Cuando niña era una pulguita, flaquita y blanca como la leche, no quería comer y la madre corría tras ella todo el día para que lo hiciera. Se escapaba para mi casa y se ponía a cocinar conmigo, yo hacía que probara los rellenos y luego le hacía comer lo que preparáramos. Comía sin darse cuenta.

La madre frustrada me decía:

—¡Se ve que hasta el pan es más rico en la casa de los vecinos!

Esa niñita hoy es toda una mujer.

Cuatro décadas

Hace poco pensaba que me faltaba tanto para ser una señora de cuatro décadas. Es algo raro porque yo no me siento una mujer de edad madura pero mi cuerpo da señales de que sí lo soy.

A las 22:00 necesito mi cama y mi almohada para dormir. Ya no tengo habilidades para adelgazar, tengo líneas de expresión, siento más fina la piel de mi cuello. Digo lo que pienso sin temor a no agradarle a alguien; me molestan los niños haciendo berrinches sin motivos y elijo donde quiero estar.

Últimamente mi salud se ha deteriorado, pero trabajo en que nadie lo note. Vivo la vida de mis amigas como propia, sus anhelos, sus inquietudes, sus penas y sus glorias.

Estoy pendiente de ellas y ellas de mí 24/7, con la salvedad de los impedimentos inevitables como las obligaciones de la vida cotidiana.

Tener todo

Isis tiene una casa que le costó muchas lágrimas y años de agotamiento. Trabajó de domingo a domingo en varios lugares a la vez para poder comprarla.

Tiene una familia tradicional: nena y varón, también un auto y hasta un perro.

Esto suena bien cliché. Ella es todo lo que está bien según la sociedad y el sistema; esto es lo que te inculcan desde niña cuando te regalan cacerolas, bebotes, escobita o una Barbie con su Ken.

¡Todos los que la rodean piensan que es afortunada! ¡Hasta tiene la parejita! Una nena y un varón... No se puede quejar.

«¡Lo tiene todo!», dijeran las vecinas con tono de envidia disimulada, obvio, de forma fallida.

Y la verdad que la palabra **todo** es mucho decir.

Yo, al mirar su vida desde mi cosmovisión, pienso que Rodrigo es un buen padre, pero como esposo es bastante frío y distante. Ella se propone conquistarlo todo el tiempo.

Él, que cada día compite con ella por el cariño de sus hijos, se esfuerza mucho en demostrarle que es perfecto y que es ella la que comete errores. Cuando intenta arrastrarla a esa ingrata e innecesaria competencia, Isis declina y deja que Rodrigo se luzca y fanfarronee. Dice cosas como: «¿Vieron que siempre es papá?» o «¡Papá está en todo!». Esa competencia, francamente, la agota. Ellos la deben amar por el simple hecho de que les dio la vida.

Cuando él intenta competir, Isis sonríe apacible, tragando bronca y se hace a un lado. Algunas otras veces le dice que ella sin él no es nadie ni tiene a nadie: que, gracias a él, no le falta nada. Qué ironía, ¿no?

Antes lloraba. Ahora, luego de muchos años y largas charlas con nosotras, logró domar ese sentimiento y lo traga como un remedio amargo.

Por la mañana se levanta antes que todos para ir a trabajar. Se da una ducha y luego pone la leche en el fuego, prende la tostadora, prepara todo mientras repasa en su mente todas las cosas que debe hacer en el día. A la media hora, se levanta Rodrigo directo al baño. Él entra más tarde a sus labores. Así que Isis deja el desayuno pronto y sale para el trabajo.

Un día, en una discusión en la mesa, los chicos le dicen que ella no puede opinar porque es el padre el que siempre está en todo, quien incluso prepara y les lleva el desayuno a la cama todos los días.

Ella les dice:

—¡Ahhh!, ¡¿síííí?! ¡Qué padre más amoroso! —lo mira y sonríe, tragando bronca como tantas otras veces.

Ante los ojos de sus hijos, él todos los días prepara el desayuno. Rodrigo nunca ha aclarado que ella lo deja listo, rigurosamente, todos los días antes de irse. Como eso, cientos de otras cosas.

Los chicos son todo para Isis: vive por y para ellos. Su bienestar es lo que más le quita el sueño. Trata de educarlos desde el amor y la comprensión. Quiere que se sientan amados y contenidos, que sepan que pueden lograr todo lo que se propongan.

Trabaja muy duro y muchas horas.

La independencia económica es muy importante para ella, siempre se las ha tenido que arreglar sola por más casada que esté.

Cuando tiene tiempo libre, lo ocupa con más trabajo para generar más ingresos y tener la mente ocupada.

Con Rodrigo se conocen mucho. Él no es de esas personas cariñosas y atentas, entonces Isis trata de avivar la llama entre ellos todo el tiempo. En lo íntimo, el 90 % de las veces la rechaza de forma cruel, la ignora, le da la espalda, la quita de encima, a veces espera que Isis se duerma, detonada por el cansancio, para ir a dormir.

El otro 10 % solo lo hace hasta quedar él satisfecho y ella mirando al techo. Ha procurado hablar con él, pero este niega la realidad, alegando que está todo bien y que él es así, que él está bien con eso y que no lo moleste con cosas de ella.

En estos años lo ha intentado todo: miró películas eróticas para levantar la libido, pero no resultó; miró películas XXX para aprender cosas que no sabía y renovar la energía sexual de la pareja y tampoco resultó.

Un domingo, a la hora de la siesta, Isis miró una película de amor muy hermosa con contenido sexual. Vio que quedaban tan bellos esos protagonistas, fundidos uno en el otro como si fueran una sola pieza de arte, y quiso intentarlo.

Buscó la forma de que los chicos no estuvieran en la casa. Rodrigo llegaba en unas dos horas aproximadas, ya que había ido a ver un partido con sus amigos. Entonces, fue al baño, se depiló entera, se duchó, se untó una crema con aroma delicioso, de punta a punta de su cuerpo, se pintó las uñas, utilizó maquillaje sutil y se peinó diferente a todos los días; buscó la lencería más linda que tenía, se perfumó y se puso tacos.

Se dispuso a esperarlo. Se sentía muy nerviosa y ansiosa por la reacción que pudiera tener Rodrigo al verla así.

Miraba de reojo el reloj de la mesa de luz cada dos o tres minutos y el tiempo parecía que transcurría más lento. Cuando Rodrigo llegó al fin, la encontró esperándolo en la cama con las sábanas recién cambiadas. El cuarto iluminado solo por una pequeña lámpara de sal que le daba un tono tenue y cálido a toda la habitación.

Lo notó sorprendido, por suerte para bien, y reconoció que realmente se veía hermosa. Isis comenzó a buscarlo y él respondió de inmediato. Ella lo besó en las mejillas, luego los labios, su mentón, recorrió su cuello, oliendo su perfume, y dándole besos húmedos. Tomó la mano de él para guiarlo a que recorriera el relieve suave de su cuerpo, lo besó de nuevo, con amor y un poco de lujuria, de forma más apasionada que nunca. Acarició su parte más íntima. Recorridos sus puntos G, lo volvió a besar.

Isis condujo las manos de Rodrigo hacia su entrepierna y dejó que explorara toda su humedad. Recordó la forma en la que hacían el amor en la película. Lo llevó de rodillas hasta los pies de la cama, rodeando con sus piernas su cintura. Hizo que la tomase con sus manos de la cadera, lo miró a los ojos de manera erótica, provocándolo con sus movimientos.

Rodrigo se notaba excitado, Isis tiró su cuerpo hacia atrás, de manera que sus piernas siguieran rodeando la cadera de Rodrigo y de la cintura hacia arriba ella quedara colgando de la cama.

Sus sexos enfrentados. Él la seguía sosteniendo y ella le pidió que no la soltara. Se movió, buscando que por fin sus cuerpos se ensamblaran. Ahora, rodeándolo, con sus piernas relajadas, su cabeza estaba más cerca del suelo por el vaivén de sus movimientos. Isis le pidió, entre gemidos, que la sujetara y pensó que debía quedarse tranquila, disfrutar del momento que tanto anhelaba. Él no la iba a dejar caer, ella notaba que no la sujetaba con fuerza pero, en definitiva, él no iba a permitir que se pegara en la cabeza.

Jamás traicionaría su confianza de esa manera, menos en un momento tan íntimo, dejándola resbalar al suelo.

Isis pensó mal. Rodrigo la soltó y ella fue cayendo de cabeza al suelo, lenta pero de forma inminente. Él rio y dijo:

—Yo no estoy para pasar trabajo. No hago fuerza en mi trabajo, no voy a hacer fuerza con vos.

Buscó el cubrecama y la tapó, caída en el piso. Rodrigo se acostó en la cama, boca arriba, esperando a que ella se levantara a terminar lo que había empezado.

El daño que Isis sintió en su autoestima fue tremendo. Se sintió del tamaño de una mosca, tan frustrada y desesperada. Se levantó, fue al baño y se lavó mientras él la llamaba desde la cama para poder acabar. Ella lo ignoró, luego fue a la cocina, tomó un tarro de kilo de dulce de leche de la heladera, una cuchara sopera del cajón del aparador y entró a comerlo a cucharadas, mezclándolo con el sabor de algunas lágrimas saladas.

Estaba atontada por lo que había ocurrido y se sentía patética y muy frustrada.

Para Isis no es demasiado importante el sexo, pero a falta del diálogo sano y coherente con su esposo, buscó intimidad y, como cualquier mujer, necesitaba sentirse amada y deseada. Fue otro intento frustrante y fallido.

Pero eso no fue lo peor. En una comida, donde estábamos todos presentes, familiares, amigos y compañeros de trabajo, el muy ingrato contó, en tono de burla y gracia, lo que pasó en su intimidad, haciéndose el gracioso por lo sucedido y dejando muy satisfecha a su secretaria. Yo creo que ella hace mucho que lo pretende, si es que no hay nada más allí. Las mujeres tenemos cierto sexto sentido para descubrir cosas, aunque ni estén explícitas, solo observando.

Rodrigo ridiculizó a su mujer en frente de todos. Sus compañeros de trabajo murieron de la risa y puso incómodas a otras personas que la adoramos. Si hasta ese momento alguna persona quedaba sin saber de los desplantes que él le hacía a su esposa, se enteró en ese mismo instante.

Ella se sintió avergonzada y ridícula, pero arqueó sus labios con una sonrisa forzada para disimular su malestar. Ahogó dentro suyo los demonios que la incentivaban a pegarle una trompada al muy cretino y salir corriendo, y a nosotras nos sofocó la idea de salir tras ella, después de que regáramos todo con combustible e incendiáramos el lugar hasta los cimientos, al igual que en las películas de mafia.

Isis, de verdad se sintió menos que una moneda de peso y, por primera vez, tuvo el sentimiento de repudio por Rodrigo. Su autoestima, que ya estaba baja, ahora estaba a la altura de un sótano.

Nosotras siempre la apoyamos en todo y a veces la habíamos alertado con algunas de las actitudes de él pero sin tratar de entrometernos, porque sabíamos lo ciegamente enamorada que estaba.

Siempre le decimos que debe pensar más en ella y no vivir en torno a él ni a nadie. La rutina en su casa ya es muy agobiante: allí no tiene voz ni voto, así que no la siente como tal.

Todas las decisiones las toma Rodrigo, a ella solo le informa. Es una dictadura consensuada porque ella permitió, desde el primer momento, que así fuera, diciendo que sí a todo para tenerlo satisfecho.

Si se rebela ante una decisión en la cual no está de acuerdo, Rodrigo llama a los niños para decirle lo problemática que es su madre, que no quiere ir o hacer tal cosa. Los niños no tardan en caerle encima, diciéndole que busca problemas. Ella cedió demasiado y la ola la rebasó.

En su último cumpleaños, que cayó entre semana, Amalia y Sofía se fueron temprano porque al otro día debían madrugar. Quedamos unos pocos, entre ellos sus suegros y un par de amigos, se tocó el tema del amor y Rodrigo no tardó en dar su opinión.

Dijo que el amor no existía, que él nunca se había enamorado y que no lo iba hacer, que lo que había entre ellos, al menos de parte de él, era una costumbre, una comodidad y la responsabilidad de dos hijos. Estaba hablando muy en serio.

Rodrigo ya se lo había dicho. Varias veces le dijo que no la amaba, pero Isis se negaba a creerlo; su mente no le permitía asumir esa realidad. El muy cretino le decía que la amaba, confundiéndola, cuando la necesitaba o quería sacar provecho de ella, de las muchas virtudes que tiene. Isis es una mujer estupenda y siempre lo deja en alto, él la exhibe como trofeo; además de dejarlo siempre bien parado, es muy hermosa.

Él se hace el gracioso delante de la gente y le gusta aparentar y demostrar que él tiene el control de todo. Isis lo tolera por ese amor desmedido: vive pendiente de Rodrigo, de sus gustos y necesidades.

Nosotras siempre le decimos: «¿Dónde quedas tú en todo esto?».

Cuando en el cumpleaños mencionó que no la amaba y que tenían un contrato, que por lo tanto no podían separarse pasara lo que pasara, porque debían asumir la responsabilidad de sus hijos y por lo que diría la gente, la cara de todos los presentes era para filmarla. Le pedí que se detuviera, que era su cumpleaños y que la iba a hacer llorar delante de todos.

La madre de Rodrigo intervino en la conversación, aunque a él no pareció importarle:

—No puedes decir eso.

Rodrigo miró a Isis, con una sonrisa sobradora, le palmeó la pierna y le dijo:

—Bueno, gordita, estamos bien con eso, ¿verdad? Tenemos un contrato.

Yo estaba asombrada al igual que todos los presentes, e incluso Isis quedó atontada unos segundos por la frase del muy caradura.

Juro que en ese momento vi cómo a Isis le cayeron todas las fichas y el fichero encima. La cara se le transformó. Recorrió por su cuerpo un escalofrío y lloró allí, sin sonido, sin molestar a nadie, solo fluían las lágrimas una a una y esta vez ella no se molestó en disimular ni secar.

Se dio cuenta, frente a nosotros, que le dedicó los mejores años de su vida a alguien que nunca la amó. Se sintió tan patética, tan ridícula y menospreciada.

Yo me levanté para irme y le dije:

—Voy a buscar mi cartera que quedó en tu dormitorio, ¿me acompañas?

Cuando estuvimos solas, se quebró con el llanto completo, la abracé con fuerza y ella repetía lo mismo de diferentes maneras, llorando como Magdalena.

—Le di tanto amor, luché tanto por todo lo que tenemos. Le di dos hijos, lo cuidé y lo respeté toda la vida.

Isis estaba desahogándose, por fin. Aguantó tantas situaciones que se le vinieron encima justo en ese momento como si le atropellara un Scania doble eje.

¡Todo vino a su mente!

Antiguas mentiras.

Distorsiones de la verdad.

Ocultamiento de información.

La competencia por sus hijos.

Quitarle méritos.

Culparla por los errores o dificultades de sus niños.

La cara de satisfacción de la secretaria cuando él contaba los intentos amorosos fallidos de Isis.

Culparla por errores de él y un largo etcétera.

Todo, según Rodrigo, era parte de un contrato que solo él firmó en su mente.

La vida de Isis era un gran manejo de Rodrigo.

Por fin cayó su máscara y la venda de los ojos de Isis. Lamentablemente fue de esa manera pero, aunque me doliera lo que estaba pasando, ella tenía que reaccionar y salir de esa sumisión.

Nadie más que ella podía hacerlo. En su proceso, que nosotras acompañábamos y acompañaremos, apoyándola, ella debía enfrentarlo sola. Al final del día, ella está con ella misma en su intimidad.

—Qué idiota fui, ¿por qué tardé tanto en darme cuenta de que era un manipulador narcisista? —me dijo.

Yo esperé a que se calmara y le pregunté, aunque ya sabía la respuesta de antemano:

—¿Quieres dormir en mi casa?

Elle debía atender a sus hijos, siempre estaba ahí para ellos, aunque estuviera hecha añicos por dentro. Isis siempre va a poner su mejor cara y actuar como si nada, como otras veces. Esta vez era diferente, dentro de ella se activó una metamorfosis que poco a poco gestaría su nuevo yo.

De camino a casa, activé la alerta, dejándoles a las chicas un mensaje de voz y diciéndoles que deberíamos juntarnos de forma urgente, contándoles la razón.

Quedaron en pasar por casa temprano, al día siguiente. A Isis la hice venir con la excusa de que necesitaba algo de ella, pero creo que sospechaba de mis intenciones.

Al reunirnos, nos limitamos a escucharla aunque ella pretendía que no había sido tan grave al comienzo, todo para que nosotras no tomáramos partido en contra de su marido.

Concluyó que sí, que estaba amargada y con su autoestima muy baja, que de golpe vio algo que estaba delante de sus narices pero su inconsciente negaba.

Después de todo, ella, de alguna manera, ya lo sabía, lo sentía, lo vivía cada día pero no lo admitía. Rodrigo se cayó de golpe del pedestal en el cual lo tenía.

Yo tengo fe de que pronto renacerá la mujer empoderada que yace adormecida dentro de Isis, una que existe desde hace mucho tiempo.

A Sofi, Amalia y a mí nos invadieron dos tipos de sentimientos en ese encuentro: el de impotencia amarga por no poder evitar que pasara por esos momentos dolorosos y el de alivio, ya que sentimos de forma unánime, que ella haya vuelto a encontrarse con ella misma, que estaba y está hurgando en su ser más profundo, intentando rescatar su esencia.

Isis estaba comenzando a plantearse y replanteando situaciones que de manera usual no hacía, porque justificaba lo injustificable.

No iba a ser algo de un día para el otro porque tenía que trabajar mucho en comenzar a escucharse, pero era un proceso por el que nosotras la ayudaríamos a transitar.

Después de unos días raros, de incertidumbres y mucho trabajo, ella llegó a casa agotada. Estaba pasando por un período depresivo. A mí me preocupaba de qué forma canalizaría todo, ya que seguía conviviendo con Rodrigo y soportando interminables situaciones.

Sin sospechas

Luego de una ducha reparadora, me dirigí a la heladera por un vaso de agua. En ese instante recordé que Amalia no me había dado señales de vida en una semana. Me vino una preocupación repentina, incluso en la mañana le había mandado un meme gracioso junto con un «¡Buenos días!» y no lo respondió, aunque sabía que lo vio porque se marcó como visto.

Con el correr del día, pensé que andaba enredada y que se iba a comunicar cuando pudiera, como siempre, pero no lo hizo.

Traté de no alarmarme porque fue una semana muy complicada para todas, con aglomeraciones de responsabilidades que cada una de nosotras tenía. Algunas veces pasaba aunque no era lo común: siempre alguna andaba más aliviada y podía utilizar el tiempo para mandar audios al grupo, poniéndonos al tanto de una cosa u otra.

Cerré la heladera, me dirigí al dormitorio con el vaso de agua medio lleno, busqué mi celular, que estaba cargando sobre mi cómoda, e inmediatamente le marqué.

Sonó el teléfono y sentí que cortó la llamada. Lo que antes para mí era una sospecha de que algo andaba mal, en ese momento estaba confirmado. Ella jamás haría eso. A los cinco minutos me llegó un mensaje de ella:

—Isa, te llamo en un rato.

Mi alarma interna empezó a especular sobre lo que le podría estar pasando.

Tal vez tuvo algún problema en el trabajo o con sus hermanos, porque siempre había alguna especie de destrato hacia ella.

Desde que Amalia era chica, la hacían sentir menos: siempre sintió que no servía para nada, que era una inútil, así se esforzaban en hacerla sentir ellos. Desde temprana edad se sintió menospreciada. Aunque ya han pasado años, a ella todavía le suceden situaciones que se lo recuerdan. Por esa razón, pensé que pudo tener algún altercado o quizás algún problema con los niños.

En medio de mis especulaciones, ella me llamó con voz quebrada y me dijo:

—Ay, amiga, no vas a poder imaginar lo que está pasando.

—¿Qué pasa, estás bien?

—No, no lo estoy. Te conté que Pablo, hace un tiempo, se abrió de la iglesia...

—Sí —le contesté intrigada.

—Pablo ha cambiado mucho: aparte de separarse de la iglesia, sus actitudes han cambiado. Le eché la culpa al agotamiento del trabajo, a la rutina, la falta de tiempo para nosotros. La relación hace un largo tiempo cambió.

De esta manera, Amalia procedió a contarme las cosas que estaban ocurriendo.

—Me pedía cosas en la intimidad que jamás habíamos hecho, yo me negaba hasta que un día asumí lo serio de la situación, que tenía que hacer algo para que no se fuera todo por la borda. Él seguía insistiendo y una noche accedí a estar con él de la forma en que reclamaba. Su manera de tratarme en la cama era diferente, agresiva, parecía otra persona, por momentos lo desconocía. Me sentí una prostituta. Cuando él terminó, me levanté de la cama al baño y lloré amargamente frente al espejo. Me sentí tan poca cosa y me repetía en la mente: «Yo no merezco esto.

¿Por qué tengo que permitir esto para tratar de que esté bien nuestra relación?».

»En el Día del Padre salimos a cenar. Dentro de mi corazón sentía que algo andaba mal, no sabía qué era pero él parecía estar en otro lado. Sentí un dolor punzante en el pecho que intenté disimular todo el tiempo para no arruinarles la salida a los niños. Él no cambió su actitud en ningún momento: pese a que estábamos en una salida familiar, seguía frío y distante, como queriendo salir rápido del momento. Todo le molestaba, estaba muy irritable.

»Cuando llegamos a casa, le pregunté qué estaba pasando y me dijo sacado, de manera violenta, que necesitaba tiempo para él y para pensar, que estaba muy cansado, que se iba para la casa de la madre a dormir. Repetía que quería tiempo para él mismo.

»Me sentí muy mal, muy culpable de su cansancio. Después de todo, trabaja, al igual que yo, para la familia. Le pedí, por favor, que pensara en lo que estaba haciendo y que me dijera qué había hecho mal para que estuviera de esa manera.

»Él me dijo: «No hiciste nada mal, soy yo que estoy agotado, necesito descansar y pensar, si no creo que voy a explotar. Necesito encontrarme con mi yo».

Durante nuestra larga conversación telefónica, rompió en llanto varias veces y yo también lloraba, angustiada por el dolor que atravesaba ella y la decepción que sentí por parte de Pablo.

Ella le imploró que se quedara, se puso de rodillas frente al sillón donde él estaba sentado, diciéndole que podían superarlo juntos, que lo que fuera que estuviera pasando lo podían solucionar. Le rogó, de nuevo, que no se fuera.

Él se levantó del sillón bruscamente, empujando y quitando las manos de Amalia que, temblorosas, se apoyaban en las rodillas de Pablo.

Él le dijo algo que marcó un antes y después, que le cayó como un balde de agua fría.

—Haceme el favor y querete un poco. Viviste toda tu vida en torno a mí, yo no soy tu Dios.

Y ese fue el error de Amalia: lo puso en el lugar equivocado. Cuando se conocieron, él fue la única persona, después de mí, que creyó en ella y la valoró en todos los aspectos. Ella lo puso en un pedestal, por encima de todo, incluso de sí misma.

Cuando él estaba juntando sus cosas para irse, ella tomó una foto de ellos cuatro para que la llevase con él, pero él se negó a llevarla. Eso le pareció muy raro: que un padre no quisiera llevar una foto de sus hijos, más en esa circunstancia donde él se iría a pensar y reflexionar. Así se fue, a buscar su yo.

El marido devoto que yo admiraba había cambiado. A los dos días, Amalia estaba cerrando la puerta de su casa para ir a trabajar. Sintió que alguien venía, con pasos agigantados, y vio de soslayo la camioneta: era él.

—Vine a buscar algunas cosas, voy a pasar.

Ella le abrió la puerta y él entró apurado, para hacerlo rápido, como si ella lo fuera a atrapar dentro. Amalia, mientras él rebuscaba en lo que fue la casa de ambos, le dijo:

—Debo irme a trabajar, ya perdí el bus.

Pablo ignoró lo que dijo la que aún era su esposa.

—¿Me puedes arrimar a la parada?

—Sí, pero debo detenerme en el camino para hacer una diligencia —respondió Pablo.

—No tengo problema.

Amalia subió a la camioneta y un bloque frío estaba instalado entre ellos. Parecían dos desconocidos, aunque ella se moría por hablarle y preguntarle tantas cosas... Tal vez, como él la conocía tanto, evitó cualquier indicio de conversación.

Pablo no gesticulaba ni decía ni una palabra, ni siquiera le preguntaba por sus hijos.

Se detuvieron y él se bajó para hacer la entrega. Amalia observó la camioneta y notó que lucía igual que siempre, un poco sucia por el uso cotidiano, nada fuera de lo común. Vio un papel en la esquina, entre la alfombra y el piso del auto, lo levantó y vio que era un papel del seguro. Abrió la consola para guardarlo y vio un manojo de llaves con llaveros de fotos de niños y las iniciales E. F.

La cabeza de Amalia comenzó a relacionar información que tenía allí guardada. Hechos que jamás había procesado antes.

Recordó esas iniciales, unas que aparecieron en un mensaje de texto que le había llegado hacía un tiempo y que él dijo era equivocado. Ese mensaje decía: «Amor, te olvidaste de las llaves». Pablo, en ese momento, respondió con una llamada delante de ella, diciendo:

—Señora, se equivocó de número.

El teléfono estaba agendado como si fuese una clienta, con las mismas iniciales.

Cuando Pablo volvió su rostro a la camioneta, Amalia le mostró las llaves por la ventanilla sacudiéndolas, haciéndolas sonar entre sí.

Acababa de descubrir la razón por la que se fue de esa manera. No era para tomarse un tiempo para pensar: se había ido a vivir con alguien.

La cara de él quedó desencajada. Amalia sonrió con ironía por la frustración y, llevada por la impotencia, le gritó:

—¡Sos un boludo! Te pregunté muchas veces si pasaba algo: ya encontraste tu yo. ¡Usa condón porque te van a llenar de yoyitos! —le dijo irónicamente.

El dolor en el pecho, la decepción, la angustia, el desconcierto que sintió en ese momento su mundo se desplomó encima de ella, como una torre. La cabeza le pulsaba, tenía los oídos aturdidos. Él no mencionó una palabra. Ella reprimió el llanto delante de él. Pablo no negó ni hizo nada.

Lloró desconsoladamente en el ómnibus rumbo al trabajo, también mientras trabajaba.

Su cabeza no paraba, repetía imágenes y cosas que él le dijo antes de irse. Las reacciones en los últimos meses, las dificultades que habían tenido que sortear juntos para lograr tener una familia. Las cosas lindas que habían vivido. Todo, todo se fue por la alcantarilla.

Así me contaba su dolor de forma telefónica mi hermana del alma.

No nos dimos cuenta de las horas que pasaron, pero lo que sé es que los rayos de la madrugada nos sorprendieron.

Amalia siguió llorando día y noche por largos días.

Tratando

Isis evitaba vernos. Por lo que sabía, estaba yendo a trabajar a duras penas y luego volvía a casa. No ponía empeño en su apariencia ni en su vestimenta. Estaba muy decaída, pero igual seguía adelante como podía.

Estaba sumergida en un estado depresivo, preocupante, replanteando su vida sin lograr encontrar la salida. En su cabeza, las situaciones angustiosas de su casa seguían repitiéndose. Tenía muchas ojeras por no dormir y estaba muy delgada. Sofi recomendó a Isis un terapeuta que conoció cuando hacía un trabajo de investigación sobre la mente humana, cuando estaba en la facultad. Tienen una linda amistad.

Nuestra amiga, difícilmente, atendía el teléfono o contestaba a los mensajes. Cuando lo hacía era de forma breve y después de muchas horas. Estaba muy agobiada por sus pensamientos, tratando de poner su cabeza en orden, entre el deber de madre y de esposa. La idea de la familia con la que siempre soñó no le permitía pensar en alguna salida.

No tenía la valentía para anteponerse a lo que le estaba sucediendo por miedo a destrozar el corazón de sus hijos; sufría en silencio y eso la lastimaba cada día un poco más.

La negación de Rodrigo para reconocer las dificultades que tenían la hacían confundirse y pensaba que ella era el problema. Cuando Sofi le comentó que sería bueno que fuera a un terapeuta,

Isis puso el grito en el cielo: se negó pero, entre todas, le pedimos que le diera la oportunidad a diez sesiones, regalo nuestro. Accedió de poca gana.

El día de la consulta llegó cinco minutos antes a la cita. La recibió la secretaria, una señora de unos 50 años. Ella, muy amorosamente, la invitó a tomar asiento y a esperar a que el psicólogo llegara a la oficina.

A los diez minutos entró un muchacho con apariencia sencilla. Llevaba championes blancos, pantalones de *jean* achupinados al tobillo, una remera de The Rolling Stones. Isis, ojeando una revista de moda, notó que el joven, que apenas pasaba los 30 años, tenía una charla amena con la secretaria, así que concluyó que era un cliente asiduo.

En la charla entre la secretaria y el muchacho surgió su nombre, el de Isis. Ella levantó su vista y él se giró para verla. Con una leve sonrisa rica en dientes perfectos, le dijo:

—Tú debes ser Isis, siempre quise conocer a la diosa de los egipcios.

Sonrió de forma simpática, poniéndole cara para que no se enojase por la broma. Se presentó:

—Soy Gastón Velzon, vamos al consultorio.

Las charlas eran amenas y simples, él parecía escucharla con mucha atención. Algunas consultas después, las citas con el psicólogo empezaron a extenderse sin que ninguno de los dos lo notara. De una hora se extendía a una hora y media, e Isis pasó de no querer hacer terapia a estar esperando el día de la cita con el Dr. Velzon.

Cuando salía de cada consulta notaba su cuerpo más liviano y esas noches conciliaba el sueño con facilidad. Él era agradable y cordial, intentando que ella se sintiera cómoda, sin presionarla, sin hacer ningún tipo de preguntas incómodas.

La observaba con calidez y paciencia, leyendo sus gesticulaciones. Cuando notaba nerviosismo en ella, contaba algo ridículo o gracioso que le pasó a él o a alguien que conocía, buscando que ella se relajase.

Luego de la cuarta consulta, Isis salió de allí queriendo comerse el mundo: aliviada y empoderada. Pero, a medida que pasaron los días entre consulta y consulta, ese sentimiento se fue desvaneciendo con su realidad cotidiana: pasaba de salir de cada cita recargada de autoestima y ganas de ir hacia delante, a no querer relacionarse con las personas de su entorno.

Gastón arregló para que ella fuese su última paciente del día y de esa manera poder extender su consulta y no tener límites de tiempo. Ambos se relacionaron con fluidez y se sentían cómodos el uno con el otro.

Ella comenzó a poner esmero en su apariencia de nuevo; comenzó a resurgir su autoestima de forma intermitente.

Claro que volvía a opacarse cuando llegaba a casa: allí siempre la esperaban interminables conflictos, gritos y obligaciones.

Isis comenzó a preguntarse si con todos sus pacientes Gastón era así o solo era atento con ella. Sacó la conclusión de que debía ser así la forma de tratar a todos sus clientes para hacerlos sentir cómodos.

Cuando en uno de tantos episodios la invadió la angustia y ella no pudo detener sus lágrimas, él se levantó de su sillón, se arrodilló frente al asiento de ella, posó sus manos suaves en su rostro y le quitó cada una de sus lágrimas con mucho cuidado, observándola con cautela, como pidiéndole permiso.

Isis, avergonzada por no poder detener sus lágrimas, lo miró a los ojos y se detuvo, observando el contorno de sus jóvenes y fuertes brazos, su cuello y, más arriba, su mandíbula enmarcada. Luego posó sus ojos en sus mejillas, hasta que él movió su rostro, buscando que ella lo mirara y así lograr que sus ojos se encontraran.

—No debes sentir pena por desahogarte. Estoy para escucharte.

Esa fue la primera vez que Isis no lo vio como un muchacho unos años menor, que resultó ser su terapeuta, sino que lo vio como hombre y se sintió cohibida. Él sonrió con cariño y le desordenó el cabello. Las horas en la consulta parecían pasar rápido.

En una ocasión, Isis estaba muy preocupada ya que pronto debía hacer una presentación en público. Ella, con su autoestima muy baja, había tenido crisis de pánico de nuevo; solo dentro de ese consultorio y con Gastón se sentía a salvo.

—Gastón, no creo poder hacerlo, he ensayado muchas veces el discurso, pero no me salió ni una sola vez de forma fluida y sé que cuando tenga a todos en frente me voy a sentir presionada y me va a salir peor —le dijo en consulta.

—Está bien, vas a estar bien —respondió él, con voz dulce pero segura—. Eres la mejor en tu trabajo, no permitas que el miedo te paralice o que te dé inseguridad, transforma en bloques de cemento en tu cabeza a las personas que estén presentes. Utiliza tus conocimientos y déjate fluir.

—No sé si puedo hacerlo.

—¡Claro que puedes hacerlo!

Él la volvía a hacer sentir segura y capaz. Cuando compartía tiempo con él se volvía más valiente y creía en ella misma. Cada momento se sentían más a gusto el uno con el otro, incluso podían deducir lo que pasaba por sus cabezas con solo mirarse.

Ese día, cuando Isis llegó a la casa después de la consulta, Rodrigo, con cara de pocos amigos, le preguntó dónde estaba y, antes de que ella pudiera responder, dijo:

—Deberías estar preparando el material del discurso y ensayar. Te noto desconcentrada, perdiendo tiempo en bobadas. No sé qué mierda te pasa, lo que sí te debe quedar claro es que me juego mi ascenso y, por ende, la mejora económica para la familia. No podés fallar, tiene que ser implacable, depende de esa presentación a los inversionistas extranjeros el futuro de tus hijos... A ellos no les podés fallar...

¡Ahí iba de nuevo! El manipulador presionando. La confianza que Isis venía trabajando con Gastón se tambaleaba, pues Rodrigo la boicoteaba en un ratito.

En ese momento, Isis pensó que debía adelantar una sesión con Gastón antes de la presentación para que la ayudase a canalizar sus nervios.

Quedaron en encontrarse en una cafetería, a unas cuadras antes del consultorio, porque él venía de otro lugar. A Isis la estaba invadiendo la ansiedad mientras esperaba, no entendía si por la presión que tenía por la presentación o por estar esperando a un hombre tan lindo y joven en una cafetería. Se miró en el reflejo del vidrio para verificar si su cabello estaba arreglado.

Gastón llegó a tiempo, con una hermosa sonrisa y ojos brillantes, pelo mojado y ropa deportiva. Venía del gimnasio. Isis podía percibir su perfume a unos metros.

—¡Hola! ¿Hace tiempo que esperabas?

—No, recién llegué —respondió nerviosa.

—Genial, entonces vamos. Si no te importa, debería pasar por casa a buscar las llaves del consultorio.

—No hay problema.

Isis se preguntó si el ir a su casa implicaría esperarlo en la calle o subir a su apartamento. Él no dejaba de observarla cada vez que podía. Ella, por alguna extraña razón, podía sentir galopar su corazón. Temió que le viniera una crisis de pánico, ya que le transpiraban las manos como al comienzo de las crisis.

Isis veía a Gastón de reojo, cada dos por tres, de camino a su casa.

Cuando llegaron al edificio, él dijo con normalidad:

—Subimos... No tiene sentido que esperes en la calle.

Dentro del ascensor, se podía percibir que él estaba nervioso y ella notaba cierta adrenalina corriendo por su cuerpo, como si estuviera haciendo algo malo. Con las manos aún más húmedas, abrió su cartera para buscar un pañuelo desechable. Gastón, al darse cuenta de su intención, tomó la toalla de mano de su bolso, se acercó a Isis y secó con cuidado sus manos.

—¿Estás bien?, ¿sentís que te está por venir una crisis de pánico? —preguntó.

—Sí, estoy bien. Por ahora no va a venir otra crisis, no siento que sea eso —respondió, quitando con premura sus manos de las de él.

Gastón salió primero del ascensor e Isis lo recorrió con la mirada de pies a cabeza. Él llevaba una remera ajustada al cuerpo, la prenda hacía que se le notara el contorno de sus músculos. Su cuerpo parecía tallado por los mismos dioses. Carraspeó para disimular y desenfocar su pensamiento como quien quiere engañar a su subconsciente.

—¿Segura que estás bien? —preguntó él, volteándose para verla.

—S-... í... Sí —respondió Isis con la voz quebrada—. Solo se me secó la garganta en el café por el aire acondicionado, eso suele pasarme.

Se pararon frente a la puerta. Gastón abrió y la dejó pasar. Al entrar, ella observó un departamento pequeño pero muy ordenado. No había rastro de polvo ni de que viviera alguna mujer en ese lugar.

Él entró detrás de ella y se dispuso a buscar las llaves.

—Pasa, siéntate, espero que te sientas a gusto. No tardo, voy a traerte un vaso de agua o tal vez jugo, o solo que me aceptes una copa de vino...

—¿Vino? No lo creo apropiado

—¿Por qué no?, ¿quién dijo que debe ser apropiado o no una copa de vino? —respondió él desde la cocina—. Me gustaría que lo pruebes porque no es cualquier vino.

Gastón volvió con dos copas de cristal y una botella. Extendió la botella a Isis, para que la viera y ella notó que era un vino añejo. No recordaba haber visto esa marca en ninguna góndola de supermercado o licorería: TONG, cosecha 1998.

—No lo conozco —dijo Isis.

Por su trabajo, Isis creía conocer de vinos. Siempre daban esta bebida como regalos empresariales para los clientes de la empresa donde trabajaban ella y su esposo.

—Este nunca lo he probado.

—No lo has probado porque este no es cualquier vino... —dijo él, sonriendo—. Este vino es muy especial para mí. Debes tener en cuenta que no lo comparto con nadie, solo con personas muy importantes para mí.

—Por especiales, ¿te referís a las mujeres que traes a tu casa?

Isis pensó haberlo dicho en su mente, pero lo dijo en voz alta. Cuando se dio cuenta, ya lo había dicho y era tarde para retroceder. Gastón esbozó una sonrisa.

—No, para nada, no es así. Este vino lo hizo mi madre el año que yo nací, el mismo año que ella murió.

Isis lo miró atónita, pensando en la bobada que había dicho unos minutos atrás. Pensó también en lo que debió haber pasado ese niño, ya hoy convertido en un gran hombre.

—A esta cosecha privada la llamó Tong, porque así me llamaba mi hermana cuando le hablaba a la panza de mi madre. Ella, a media lengua, me decía así, Tong, ya que solo tenía 2 años y no le salía bien mi nombre.

Él estaba compartiendo algo muy personal, le estaba abriendo su corazón. Por primera vez, estaba hablando de su familia con ella. Entonces Isis accedió a beber el vino.

Él sirvió las copas e hizo un gesto para brindar:

—Disfrútalo, brindemos por vos, por la mujer fascinante que eres.

Isis, en su interior, pensó si eso de fascinante fue un coqueteo o solo lo dijo por hacerla sentir bien.

—No digas tonterías, qué fascinante ni que nada.

—¿Te atreves a contradecir a tu terapeuta? —preguntó en tono de burla.

Gastón se acomodó un poco más cerca de ella.

—Si digo que eres fascinante es porque lo eres, no te lo digo como psicoanalista sino como hombre. No abundan las mujeres como tú: bella por dentro y por fuera.

Dijo esto dejando ver sus preciosos dientes, esbozando una cálida y sincera sonrisa. Siempre mirándola a los ojos. Isis se preguntó, en su mente, si ese chico le estaba queriendo dar a entender algo o solo era su imaginación, la cual volaba alto por la falta de cumplidos.

—Tengo algo para darte, espera un momento.

Gastón se levantó y entró a una pieza, la cual ella supuso sería su dormitorio.

Isis bebió de un sorbo largo el vino que le quedaba en la copa. Estaba intentando callar las voces que pusieron en alerta su cerebro.

Las llaves, por las cuales llegaron allí, estaban en la mesa del comedor. Isis las veía pero pretendía no verlas. Se sentía a gusto en ese lugar. Olía a café recién molido, mezclado con perfume de hombre.

Gastón volvió con las manos atrás de su cuerpo.

—Cierra los ojos y extiende las manos.

Isis siguió las instrucciones. Él puso encima de su palma una piedra de cuarzo transparente que usaba de amuleto. La había adquirido en un viaje a Centroamérica y lo acompañó a todos lados desde ese momento, incluso cuando daba exámenes en la facultad.

—Ya puedes abrir los ojos. Es un regalo: te traspaso mi amuleto para que tengas suerte y te proteja en la presentación mañana. Si te funciona, puedes seguir usándolo.

Isis se emocionó. Le agradeció y valoró mucho ese obsequio que aseguró atesoraría. Tenía en frente a un hombre que parecía valorar su forma de ser, amable, generoso. Además de ser muy apuesto y carismático, lo que la puso muy nerviosa. No estaba acostumbrada a recibir cumplidos, por lo tanto no sabía cómo reaccionar.

—¿Te sirvo otra copa? Parece que te gustó.

—Sí, está delicioso... Tu mamá debió ser una gran mujer.

—Brindemos por ella.

Entre charla y charla se bebieron la botella y la conversación fue cada vez más íntima. Se miraron a los ojos con detenimiento, como si uno pudiera verse dentro de los ojos del otro. Gastón le acomodó el cabello y la provocó de forma sutil. Isis parecía otra persona en su presencia. Estaba relajada por las copitas que ya tenía encima, se sentía alegre, divertida y valorada. En compañía de Gastón podía ser ella misma, sin temor a nada.

Entre ambos crecía un sentimiento nuevo: el deseo. Afloraba como un pequeño capullo de cerezo. Isis había olvidado por completo ese sentimiento tan genuino y puro.

El vino, junto con la charla, pareció persuadirlos. Se sintieron cómodos, auténticos el uno con el otro.

Ni ella ni él tuvieron que pretender ser otras personas. Gastón le contó sobre sus experiencias amorosas y compartieron muchas confidencias. Entre ellas, él dijo:

—No puedo entender a tu marido. Si estuviera en su lugar, te atesoraría.

En ese instante se acercó para quitarle una pestaña en su mejilla. Detuvo su rostro muy cerca del de ella, la miró fijo, con ojos grandes, esperando su consentimiento. Ella se quedó sin reacción, Gastón cerró los ojos y avanzó hacia sus labios, rozándolos, siguiendo su instinto pero con cuidado, por temor al rechazo.

Isis, impactada, puso su mano en el pecho de Gastón para intentar detenerlo, pero cedió antes de lograrlo. ¿Cómo rechazar una prueba de interés, atracción o lo que fuera? Ella, que hacía tantos años que carecía de eso.

Correspondió al beso, como jamás había hecho con nadie, salvo en los intentos fallidos por conquistar a su marido. Ese beso tan diferente, tan fresco, tan suave, tan libre, tan espontáneo, tan sincero y tan dulce. El deseo los envolvió en su néctar, embriagándolos y haciéndoles descubrir sentidos olvidados.

Sofía

Sofía estaba muy estresada y en exámenes preliminares. Casi no la veíamos pero sí hablábamos por videollamadas y mensajes prácticamente todos los días. El día antes de un examen importante, recibió un mensaje de Agustín, su amigo de toda la vida.

Él se recibió de médico hacía dos años; el mismo Agustín del que estuvo enamorada en silencio tanto tiempo.

El mensaje decía:

«Hola, Sofi, ¿cómo estás? Tengo ganas de verte, extraño nuestras charlas, hace tanto que no hablamos».

Sofía decidió continuar con la conversación:

—Agus, todo bien, ¿y tú? Yo un poco estresada por los exámenes, pero bien.

—Sí, lo imagino. ¿Cuándo es el próximo examen?

—Mañana tengo uno, el jueves otro y la semana próxima dos más.

—Va a ser difícil poder verte en estos días, supongo.

Sofía sentía muchísimas ganas de verlo. Es más, pese a los exámenes, sentía el ímpetu de salir corriendo para estar con él aunque fuese solo por cinco minutos. Sin embargo, no quería olvidar que él ahora tenía otras prioridades y que ella se aferró a su carrera más que nunca. También puso como prioridad otra cosa. Se refugió en lo único que dependía solo de ella: ser un buen médico.

No pudo negar que ese mensaje inesperado hizo palpitar a su corazón más fuerte de lo habitual, pero no podía desviar su atención justo en fechas de exámenes.

Ella conocía a su amigo: sabía que si él la buscaba repentinamente era porque algo estaba pasando. Siempre fueron la clase de amigos que no necesitaban una excusa para pasar tiempo juntos. No obstante, cuando las inclemencias personales los acechaban, después de un tiempo sin verse, bastaba con un mensaje cualquier día, a cualquier hora, para estar uno para el otro, aconsejándose, apoyándose o escuchándose. Incluso, en algunos casos, solo estando. Podían hacer largas caminatas o acurrucarse en el sillón sin hablar, solo se acompañaban a estar solos, respetándose sus espacios y tiempos.

Pero luego de que Agus formó su familia, él parecía no tener espacio para Sofi y ella se sentía herida por la situación. Ya estaba cansada de actuar como si nada pasara. Tenerlo tan cerca y tan lejos a la vez la lastimaba.

Esa confesión que le hizo con esos tragos de más todavía venía a su mente. Ella tenía claro que, luego del matrimonio, las cosas entre ellos cambiarían; ya no podría llamarlo a cualquier hora, cualquier día, como antes. Entonces, simple y lentamente se fue haciendo a un lado. Cuando quiso acordar con él, ya casi no formaba parte de su vida.

La conversación por mensajes siguió. Ella intentó actuar natural, como si el tiempo no hubiera pasado. Le preguntó por el bebé y su esposa, él le contestó de forma breve. Después, Agus volvió a pedirle que se hiciera un ratito para que pudieran verse.

—Si no es nada urgente, luego de los exámenes puedo pasar por tu casa. Aprovecharé la visita para llevarle un presente al bebé —respondió.

Sofía sabía en su interior que ese mensaje para verse implicaba no incluir a otros en el encuentro, y que la intención de él era reunirse los dos solos como en los viejos tiempos.

—No es urgente, pero siento que debemos conversar como antes...

Tiempos remotos para Sofía, ya que las últimas diez veces que se vieron él estaba acompañado de esa chiquilla impertinente y caprichosa que era su esposa. Esa mujer se le pegaba como chicle todo el tiempo y la mayoría de las veces aburría con tanta charla superficial y vacía.

Él parecía encantado con su impertinencia pero, cuando miraba a Sofi, podía leer en sus ojos lo que estaba pasando por su mente: sabía cómo pensaba ella a la perfección. Entonces, para evitar el malestar, cualquiera de los dos inventaba una excusa para salir de la incómoda situación.

La diferencia era que, cuando Sofía tomaba la iniciativa de irse, lo hacía sola; pero si él se iba, lo hacía con ella. Agus indagó un rato más sobre los exámenes y le deseó suerte. Ella siguió actuando normal pero un tanto cortante. Necesitaba no desviar su atención y concentrarse en sus estudios.

Esa noche se levantó del sillón hacia la heladera para buscar algo que comer y descubrió que estaba vacía: solo quedaba medio limón seco, una botella de agua y un pote de mayonesa. Miró la hora y supo que ya era muy tarde para ir al súper. Se duchó con agua caliente, se preparó un té e intentó dar un repaso ligero a los montículos interminables de fotocopias y libros.

Sabía que esa noche no podría conciliar el sueño tan fácil. La presión por el examen la tenía aturdida, haciéndose hipótesis de posibles preguntas.

Cada vez que recordaba el mensaje de Agus, lo intentaba apartar de su mente; pero en el fondo se preguntaba qué estaría pasando por la cabeza de su viejo amigo. Le preocupaba que le estuviera sucediendo algo que no se animaba a contarle por mensaje.

Sentada, con los pies encima del sillón y las piernas cubiertas con una manta polar tapada de hojas y libros, recibió una llamada.

—Hola.

—¿Comiste? Apuesto que no. Me imagino que debes tener la heladera vacía para no perder la costumbre... Abrí la puerta, traje *pizza*.

Agustín a esa hora debería estar durmiendo en su casa y ella lo tenía parado justo detrás de la puerta. Sin responder, abrió para confrontarlo:

—¿Qué haces acá, Agustín? —dijo entre sorpresa y reproche.

—Me imaginé que estarías estresada, que se te pasan las horas y ni cuenta te das que no has comido nada. ¿Me equivoco? Aproveché la ocasión para ser tu *delivery* y, de paso, poder verte.

Comieron juntos y Agus la ayudó a seguir con su repaso. Estudiaron posibles preguntas y todo parecía como antes. Sofi se quedó dormida, rendida entre los libros. Agus llevó una almohada del dormitorio y la puso debajo de la cabeza de Sofía con mucho cuidado de no despertarla, la tapó con la manta y le dejó una nota.

«¡¡¡Éxito, **mi Sofía**!!!

P. D.: Tenés el desayuno en la mesa. ¡¡¡Come!!!».

Y se fue, sin hacer ningún ruido. Al despertarse, Sofía miró la hora, exaltada, se puso en marcha y revisó el celular. Mientras cepillaba sus dientes, vio que tenía al menos diez mensajes de nuestro grupo, deseándole lo mejor.

Redimirse

Amalia seguía con su duelo. No podía entender cómo alguien a quien creía conocer tanto se volviera una persona tan diferente. Él amaba a sus hijos, ¿cómo los podía ignorar sin verlos ni ayudarlos con su crianza?

Pablo se había vuelto más duro e intransigente al trato. Tampoco se vía feliz. Parecía, de verdad, otra persona.

Amalia le pedía que viese a sus hijos, intentaba hacerlo reflexionar sobre sus actitudes sin éxito. Siempre le daba tiempo, lo esperaba, y él la despreciaba e insultaba por mensajes. Ella continuaba hablándole desde el amor y obtenía palabras duras e hirientes de su parte.

Amalia mantenía su postura: le hablaba con sensatez, como si Dios pusiera en su boca esas palabras. Aconsejaba a Pablo porque lo notaba dañado y le daba la oportunidad de redimirse. Todos los intentos fueron en vano.

Si ella juntara sus lágrimas, ya hubiera llenado una docena de frascos. Aún tenía fe en recuperarlo porque era difícil creer que alguien pudiera cambiar tanto. Ella rezaba todos los días por él, para que Dios lo protegiese, lo guiase y lo trajese de vuelta hacia sus hijos y hacia ella.

Sin embargo, el último mensaje que recibió de él antes de que la bloqueara fue:

«A mí no me digas más que me amas. Me tenés podrido con tus mensajes de amor.

Métete a tu Dios en el culo».

¡Uf! Demasiado fuerte para una persona que jamás había pronunciado una mala palabra desde su niñez. Pablo, hasta hacía poco, se identificaba como cristiano y teólogo: que él pronunciara esas frases a la madre de sus hijos era más que una ofensa. Amalia lo arrancó de una vida miserable y si cometió un pecado fue amarlo a él por encima de todo.

Amalia actuaba fuerte ante sus hijos y jamás hablaba mal de él. El hijo mayor, ya en su adolescencia, se dio cuenta de todo y le llegó a decir:

—No protejas a mi padre, llama a las cosas por su nombre: él nos abandonó.

También le dijo, con esa frescura y simplicidad que tienen los jóvenes:

—Mamá, sé que te duele, a mí también me duele, pero tenés que ser feliz.

Un día, cuando Amalia estaba saliendo para el trabajo, llegó el cartero con un sobre de manila preguntando por ella. Tomó el sobre, nerviosa, rogando que no fuera alguna cuenta, otra de las tantas cosas que había tenido que enfrentar sola. Pablo había incumplido y ella debió solventar.

Para su sorpresa, aún más amarga, no lo era: era la demanda de divorcio. En ese mismo momento, al abrirla, se dio cuenta de que difícilmente iba a tener la posibilidad de recuperar a su familia.

No importaba cuánto le hablase, cuánto los niños lo necesitaran, cuánto ella lo extrañase, cuánto le rezara a Dios: él no iba a dar marcha atrás.

El amuleto

Isis permanecía aún sacudida por ese beso con Gastón.

Cuando llegó a su casa después del encuentro, se preguntaba cómo iba hacer para disimular ese rostro de felicidad. Rodrigo no estaba en casa, pero él normalmente la veía apagada y triste. Si de golpe la viera rebosando felicidad, podía ser un indicio para él de que algo pasaba. Tal vez estaba pensando demasiado: Rodrigo no solía darse cuenta ni cuando ella cambiaba de corte de cabello. Isis se perseguía a sí misma como un niño que esconde una travesura.

Fue al espejo del baño e intentó relajar sus mejillas, masajeándolas; notó que la expresión de su rostro rejuveneció, que tenía los ojos chispeantes y reía sin proponérselo, de forma inevitable. Se vio linda, como hacía mucho tiempo no se veía.

Cuando llegó su marido a casa, muy tarde como siempre, ella actuó normal, aunque no pudo evitar sentirse culpable: después de todo, era una mujer casada. Sin embargo y a la vez, se sentía viva por dentro.

Sus sentimientos estaban enrevesados: recordaba y analizaba cada fragmento de ese día, no podía evitar la sonrisa de oreja a oreja. Su marido, desde que llegó, no paró de quejarse de ella y seguía poniéndole presión para que se luciera con el trabajo en la presentación con los inversionistas extranjeros.

El día de la presentación, Isis lucía radiante. Llevaba un traje de lino beige y una blusa más clara. En los pies, los mismos *stilettos* que se puso el día que Rodrigo la hizo caer de la cama. Recordó que desde entonces no los usaba.

Cuando estaba caminando por el pasillo hacia la sala de conferencias, escuchó un murmullo que le sonó familiar. Miró por la ventana de la puerta pero no logró ver nada, continuó su trayecto hacia la sala.

En la sala, cada cual iba tomando su puesto. Ella saludaba amablemente a todos y temió, por un momento, entrar en pánico por el bullicio y la presión.

Recordó haber dejado el amuleto que le dio Gastón en su cartera y volvió muy de prisa hacia la oficina compartida a buscarlo. Para su sorpresa, la búsqueda del amuleto la puso de cara a un encuentro inesperado: su marido se encontraba de espaldas, arrinconado, acariciando y besando a una mujer que, por el cabello y las piernas, Isis distinguió como su secretaria.

Un escalofrío recorrió su espina dorsal. Ninguno de los amantes notó su presencia, así que ella retrocedió sin hacer ningún ruido ya que no llegó a traspasar la puerta por completo. Impactada, temblando y ahogada, con un dolor clavado en el pecho, salió pálida de allí.

En el trayecto, se encontró con dos compañeros:

—La reunión está por empezar —dijo uno.

—¿Te sientes bien? Parece que viste a un fantasma —preguntó el otro.

—Sí —dijo como pudo, con voz quebrada—. Solo son los nervios.

Con la cara desencajada, respiró hondo y se apresuró hacia el salón de conferencias. Ya adentro, esperó a que todos estuvieran y aguardó a la llegada de su marido para comenzar su exposición.

Por un momento, su mente quedó en blanco: estaba aturdida y no recordaba nada, solo la escena que había visto hacía un momento. Recordó la presión de Rodrigo, desde hacía un tiempo, por ese evento. Sintió la necesidad de salir corriendo pero no pudo, sus pies eran anclas.

Miró su carpeta, su ayuda de memoria para recordar aquello que le permitiría comenzar la presentación. Vio borrosas las gráficas y las letras del proyector en la pared. Al levantar la vista, divisó en el fondo del salón una silueta familiar.

Isis agudizó su visión y reconoció a Gastón pegado a la puerta. No podía deducir si lo veía producto del *shock* o si él, de verdad, estaba ahí parado. Parpadeó varias veces para asegurarse de que no fuera una visión producto del impacto pero, en efecto, no lo era: allí estaba él, había ido a apoyarla y a brindarle seguridad. Ahora sí podía hacer su presentación sin miedo a nada, no se sentía sola. Tomó fuerza al verlo y sonrió con los ojos húmedos.

Todas las miradas estaban atentas a ella. Rodrigo y la secretaria ya estaban en el salón, así que inició.

—Buenos días. Sean todos bienvenidos. Este es un día especial para todos y mucho más especial para mí. Les agradezco por su apoyo y su presencia.

Isis miró a su esposo con una gran sonrisa, una que solo Dios sabe dónde la sacó. El gesto le dio tranquilidad a Rodrigo, quien estaba sonriendo, agrandado porque sabía que el trabajo de su esposa siempre era digno de aplausos. Isis continuó:

—Quería aprovechar la ocasión para agradecer a mi esposo por darme el privilegio de estar en este lugar, estoy por demás agradecida por su confianza, amor, respeto y cuidado durante todo este tiempo. Quiero contarle que, para sorpresa de todos, he decidido darme un año sabático: a partir de hoy, él será el encargado de hacer las presentaciones ya que él es el mejor en lo que hace y todo lo que soy y lo que tengo es gracias a él, como siempre dice. Así que no tengo ninguna duda de que la empresa está en las mejores manos y confío plenamente que será un éxito el proyecto que les va a presentar. Sin más preámbulos, yo debo retirarme pero le damos la bienvenida al escenario a Rodrigo Bentos quien, a continuación les presentará el futuro próximo de la empresa. Aplausos, por favor.

El sonido de las palmas se hizo presente y los compañeros de ambos, los más allegados, estaban confundidos pues no entendían nada.

Isis bajó del escenario, tomó sus pertenencias y salió del recinto. En la puerta, Gastón no entendía nada, pero quedó perplejo por la valentía que había surgido de ella. Aunque imaginó que algo había pasado que la hizo accionar de forma repentina y de esa manera. Aplaudió pero no a Rodrigo, sino porque se sintió orgulloso de ella. Rio a más no poder.

Después de aplaudir, salió a su encuentro.

—Vamos por mis cosas. Acompáñame porque siento que me puedo desmayar en cualquier momento... No sé cómo salieron de mí esas palabras, ni de donde saqué las fuerzas para decirlas —dijo ella muy rápido—. ¿Estoy enloqueciendo?

Gastón la miró, le despeinó el cabello y le dijo, bromeando:

—He alimentado a un pequeño monstruo... Tranquila, no voy a dejar que te desplomes. Es el acto más coherente que has realizado. Aunque no conozca los detalles, puedo entenderte.

Ambos salieron del edifico rápido, casi sin hablar, pero Gastón seguía riendo.

Dentro del edificio, dudo que quien se haya quedado riendo fuera Rodrigo con toda esa gente esperando de él una explicación del proyecto del cual no tenía ni un solo detalle. Imagino que sería un dragón, lanzando fuego por la boca y quemando todo a su paso.

Isis estaba muy consciente que ese era el comienzo. Se le avecinaban tiempos difíciles. Claro que sentía miedo, dolor y agotamiento, pero también sintió que rompió cadenas y se liberó de una carga muy pesada.

Isis se sentía **viva y plena, dueña de su vida.**

Como el águila

Amalia esperó a Pablo un año entero. Al día siguiente de cumplir ese plazo se dio cuenta de que ya había sido suficiente. Ella debía repararse y sanar, tomar una decisión.

En ese momento, vino a su mente la vida del águila americana.

Cuando el águila llega a la mitad de su vida, se le dificulta alimentarse porque su pico está demasiado encorvado; le cuesta cazar a sus presas porque sus uñas están demasiado largas y gruesas; casi no puede volar porque su plumaje es muy pesado y está desgastado por el paso de los años. En ese momento, ya vivió aproximadamente 40 años. Entonces, debe tomar una difícil y dolorosa decisión: morir o soportar el cruel y desgarrador cambio.

Cuando acepta el proceso del cambio, debe volar a una montaña muy alta y rocosa donde pueda anidar; entonces debe juntar mucha pero mucha fuerza para poder hacerlo. Luego del duro viaje para sus alas, al llegar, comienza a golpear su pico contra una roca hasta lograr arrancarlo por completo. Después debe esperar con resignación a que vuelva a nacer su pico ya que, con él, deberá arrancar sus uñas una a una y luego su plumaje.

Pasados ciento cincuenta días de sufrimiento, el águila ya está lista para vivir la segunda parte de su vida y poder volar de nuevo.

De la misma manera, ella vivió el proceso: sufrió, padeció y arrancó de su alma cada recuerdo, cada esperanza, cada creencia; destrozó uno a uno sus sueños para dejarle lugar a sueños nuevos.

Amalia tuvo que tomar decisiones dolorosas y también debió juntar fuerzas y repararse, perdonarse por permitir que la lastimara, aceptarse tal y como era, dejar de culparse y liberarse.

Ahora está lista para vivir la segunda etapa de su vida y preparada para emprender nuevamente el vuelo.

Agustín

Él la ayudó a preparar los exámenes siguientes puesto que en su pasado también debió rendir las mismas pruebas. Cuando Sofía salió del último examen, él la estaba esperando, sentado en el muro de la facultad con una gran sonrisa.

El alivio era completo. Los exámenes terminaron y, aunque no tuviera los resultados aún, el hecho de que él la estuviera esperando, con ese gesto hermoso, era todo lo que ella necesitaba para sentirse bien.

Él le ofreció llevarla a casa. Ya en la puerta, le dijo:

—¿Puedo pasar? Realmente tengo muchas ganas de hablar sobre nosotros.

—Está bien.

Al cerrar la puerta tras de sí, Agustín abrazó a Sofía, envolviéndola por completo por un buen rato.

—Mi Sofi... Ya puedes relajarte, el período de examen ya pasó.

Ella sintió una descarga eléctrica después del nerviosismo de los exámenes. Ahora, con su cuerpo pegado al de él, después de tanto tiempo, cuando pasaron tantas cosas... Parecía mentira que él estuviera ahí para ella.

—Necesito hablarte de algo. Todo este tiempo me has hecho mucha falta, no puedo apartarte de mi cabeza. Siempre que como o veo algo que te gusta o que odias pienso en vos... Te amo, Sofi, siempre te he amado. Tenía miedo de echar todo a perder, por eso no lo dije antes y de igual manera arruiné todo. Soy un desastre —dijo todo sin soltarla.

Ella no sabía qué hacer.

—Sentía temor de hacer incómoda nuestra relación o quizás recibir tu rechazo. Si no llegaba a funcionar, no quería perderte de forma definitiva. Jamás voy a dejarte ir de nuevo, siempre que vos estés de acuerdo en que empecemos algo, Sofi.

Sofía se desprendió del abrazo y lo miró fijo:

—No sé qué decir, Agus, todo esto es mucho para mí y muy repentino... Claro que te amo, pero no me voy a interponer en tu familia. Tenés un hijo que es un ser inocente. Él no tiene culpa de nuestros errores.

—No existe la definición de familia en mi casa. Vos sos mi familia, mi hogar, solo con vos me siento en casa. Mi matrimonio es una pesadilla, me siento angustiado. Mariana gasta por demás, se queja por todo, me critica todo el tiempo, no hace nada en la casa, ni siquiera atiende al bebé. Cuando estoy de guardia, la pobre criatura pasa más tiempo en brazos de la niñera o de la muchacha del servicio. Ella dice que el bebé la cansa y yo prácticamente no duermo.

»Mariana es caprichosa y malcriada: cuando no quiero hacer algo, habla con su padre y él me llama y me lo pide como favor. Su padre me presiona en el trabajo y pretende dirigir mi matrimonio —dijo Agus, angustiado.

Sofía lo escuchaba, petrificada pero conmovida.

—Solo vos me conoces, vos sos el lugar donde quiero estar, Sofi. Te necesito en mi vida, no te apartes, por favor, eres todo para mí.

Agus rompió en llanto y Sofía también. Sin evitar la atracción mutua, se besaron con pasión.

Agustín la tomó en brazos, la sentó en la mesa del comedor y, entre beso y beso, comenzaron a quitarse la ropa. Parecían un par de desesperados que llevaban tiempo deseándose.

Se amaron toda la tarde, luego la noche y ahora cada vez que tienen la oportunidad de estar juntos. Las culpas y los miedos seguían latentes, pero se han extrañado tanto que difícilmente algo pueda separar esas dos almas.

Yo no sé si van a funcionar. El hecho de que haya un niño en medio sensibiliza mucho a Sofi. No se puede negar lo paciente que ella ha sido: no fue egoísta y lo dejó intentar hacer su familia lejos de ella.

Lo esperó, le dio tiempo y lo amó en silencio sin esperar nada a cambio.

Yo solo deseo que ellos dos se amen con locura, sin miedo a nada. Sin etiquetas ni prejuicios porque, después de todo, el amor es amor.

Y yo

Y yo, yo no soy ellas y soy todas ellas a la vez.

Estoy con ellas, aunque ellas ya no me ven.

Y si ellas me sienten es porque siempre aquí estaré, las cuidaré siempre y en ellas me veré.

Epílogo

Somos como las semillas del bambú japonés: permanecemos años enterradas en la profunda oscuridad de la tierra, algunos se dan por vencidos y abandonan las semillas; no las riegan ni las abonan porque piensan que no son fértiles. Hay quienes son perseverantes y las abonan y riegan sin importar que no obtengan resultados.

Esas semillas soportan temporales, cambios de estación, sequía, lluvia y competencias con otras raíces, así durante mucho tiempo. Al igual que nosotros soportamos muchas inclemencias.

Pero, el día menos pensado, cuando por fin está lista, hará asomar su primer brote y, en solo seis semanas, esa semilla casi inexistente a la vista dará vida a un árbol gigante.

En esos siete años que esa semilla permaneció en la oscuridad, estaba desarrollando sus complejas raíces para poder sostener un árbol de casi treinta metros de alto. A ese árbol lo pueden mutilar, lastimar, cortar, quebrar, pero siempre, siempre, volverá a brotar.

Cada ser permanece en la oscuridad, pasando por procesos internos, dando sus propias peleas y necesita tiempo para renacer. El triunfo no es más que un proceso de autoconocimiento que nos lleva a la aceptación, la dedicación y la perseverancia.

El bambú japonés no crece por mucho que se le riegue y abone: simplemente no lo hace hasta que esté listo y sea capaz de sostenerse.

Noa

Lecturas recomendadas

Borealis. La historia de Saskia y su dilema con el frío (R. York)

Peligrosa ingenuidad (Alberto Romero)

Vivir como un romántico (Lily Valdés)

Cuentos y relatos (Bertoldo Herrera Gitterman)

Recuerdo de un verano adolescente (Susan Barría)

Besadoras de sapos. En busca del indicado
(Giuliana Delgado Vidarte)

Amor prejuicioso (Mabel Peralta)

www.ingramcontent.com/pod-product-compliance
Lightning Source LLC
LaVergne TN
LVHW040954150826
845672LV00002B/694

* 9 7 8 6 1 2 5 0 7 8 4 2 1 *